Collection MONSIEUR

MONSIEUR MADAME

Monsieur
FARCEUR

Roger Hargreaves

hachette
JEUNESSE

Pauvre monsieur Heureux ! Il avait eu une rude journée.
Il n'avait pas arrêté de courir à droite et à gauche
pour faire sourire les gens.

– Ouf ! dit-il en rentrant chez lui.
J'ai bien mérité un peu de repos.

Et il s'assit sur une chaise.

Mais…

CRAC ! La chaise se brisa.

BOUM ! Monsieur Heureux tomba.

– Il ne manquait plus que cela ! s'écria-t-il.
Monsieur Farceur a dû passer par là.

Il n'avait pas tort !

Dehors, un petit monsieur à l'air malicieux s'enfuyait à toutes jambes.

C'était monsieur Farceur !

– J'adore faire des farces ! dit-il.

Et il s'éloigna en riant dans la nuit.

Le lendemain matin,
quelqu'un frappa à la porte de monsieur Glouton.

Il alla ouvrir mais ne trouva personne.

En revanche, il trouva une boîte.

Dans cette boîte, il y avait un magnifique gâteau
au chocolat et à la crème nappé d'un coulis de fraise.

Monsieur Glouton en eut l'eau à la bouche.

Il se lécha les lèvres, ferma les yeux, ouvrit
tout grand la bouche et mordit dans le gâteau.

BEURK !

Le chocolat n'était pas du chocolat mais…
de la boue !

La crème n'était pas de la crème mais…
du coton !

Et le coulis de fraise n'était pas du coulis de fraise
mais…
du dentifrice !

Dehors, un petit monsieur à l'air malicieux s'enfuyait à toutes jambes.

Il riait comme un bossu.

Ce n'est pas tout !

Ce même matin, monsieur Rigolo s'aperçut
que quelqu'un avait rempli son chapeau de peinture.

De peinture bien épaisse !

Tu devines qui ?

Cependant, l'après-midi, monsieur Farceur fit
quelque chose qu'il allait regretter par la suite.

Il se promenait dans le bois
quand il rencontra un magicien.

Ce magicien dormait à poings fermés.

« Je vais remplacer sa baguette magique
par un vulgaire bâton ! » se dit monsieur Farceur.
« Et alors, finis les tours de magie ! »

Il sourit malicieusement
et s'approcha sans bruit du magicien endormi.

Avec mille précautions,
monsieur Farceur empoigna la baguette magique.

Mais il ignorait
que les baguettes magiques n'aiment pas être empoignées.

– AU SECOURS ! cria la baguette d'une voix stridente.

Aussitôt le magicien se réveilla
et empoigna monsieur Farceur par le bout du nez.

Ouille ! Ouille ! Ouille !

– Lâchez-moi ! cria monsieur Farceur.

– Mais je vous reconnais, dit le magicien.
Vous êtes monsieur Farceur.

C'est vous qui avez scié la chaise
du pauvre monsieur Heureux.
C'est vous encore qui avez préparé un drôle de gâteau
pour le pauvre monsieur Glouton !
Et c'est vous aussi qui avez rempli de peinture le chapeau
du pauvre monsieur Rigolo !

– Lâchez-moi ! répéta monsieur Farceur.

– D'accord, dit le magicien. Mais je vous préviens :
cela ira mal pour vous si vous continuez à faire des farces !

Il lâcha le nez de monsieur Farceur,
récupéra sa baguette magique et l'agita.

– Vous avez compris ? demanda-t-il.

Et il s'en alla.

– Quel idiot, ce magicien ! marmonna monsieur Farceur. Il n'a aucun sens de l'humour.

Et il rentra chez lui.

– Quel idiot ! répéta-t-il en s'asseyant
sur une chaise dans sa cuisine.

BOUM !

– Triple idiot de magicien ! cria monsieur Farceur.

Il se releva et se prépara du riz au lait.

– Miam ! Miam ! dit monsieur Farceur.

Il porta à sa bouche une grande cuillerée de riz au lait.

– BEURK !

Comme par magie, ou plutôt vraiment par magie,
le lait s'était transformé en… plâtre et le riz… en cailloux !

– Oh ! là, là ! pensa monsieur Farceur,
je ferais bien d'être un peu moins farceur à l'avenir.

Et il monta dans sa chambre.

Il sauta dans son lit.

SPLATCH !

Il y avait plein de confiture entre les draps !

– Oh ! là, là, là, là ! soupira monsieur Farceur.
Je crois que j'aurais intérêt à être moins farceur !

Le lendemain, il fut sage comme une image.

Le surlendemain également.

Cela dura une semaine !

Mais le samedi, il n'y tint plus.

À la nuit tombée,
il se glissa dans la maison de monsieur Tatillon.

Que fit-il, à ton avis ?

– Quelle magnifique farce !
C'est la plus belle de ma vie !
s'écria-t-il en rentrant chez lui.

Il avait coupé la moitié de la moustache
de monsieur Tatillon !

Pauvre monsieur Tatillon !

Quand il s'en aperçut, il fut atterré.

L'histoire de monsieur Farceur ne s'achève pas
sur cette horrible farce…

Avant de lire cette dernière page,
jette un coup d'œil dehors.

Ça y est ?

Tu es sûr de ne pas avoir vu un petit monsieur
à l'air malicieux ?

Non ?

Tu en es bien sûr ?

Ah ! Ah ! Ah !

LA COLLECTION MADAME C'EST AUSSI 42 PERSONNAGES

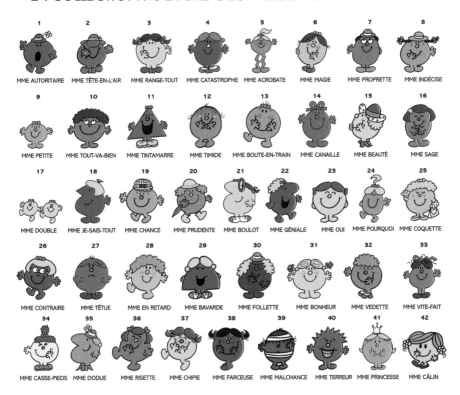

1 MME AUTORITAIRE	2 MME TÊTE-EN-L'AIR	3 MME RANGE-TOUT	4 MME CATASTROPHE	5 MME ACROBATE	6 MME MAGIE	7 MME PROPRETTE	8 MME INDÉCISE
9 MME PETITE	10 MME TOUT-VA-BIEN	11 MME TINTAMARRE	12 MME TIMIDE	13 MME BOUTE-EN-TRAIN	14 MME CANAILLE	15 MME BEAUTÉ	16 MME SAGE
17 MME DOUBLE	18 MME JE-SAIS-TOUT	19 MME CHANCE	20 MME PRUDENTE	21 MME BOULOT	22 MME GÉNIALE	23 MME OUI	24 MME POURQUOI	25 MME COQUETTE
26 MME CONTRAIRE	27 MME TÊTUE	28 MME EN RETARD	29 MME BAVARDE	30 MME FOLLETTE	31 MME BONHEUR	32 MME VEDETTE	33 MME VITE-FAIT
34 MME CASSE-PIEDS	35 MME DODUE	36 MME RISETTE	37 MME CHIPIE	38 MME FARCEUSE	39 MME MALCHANCE	40 MME TERREUR	41 MME PRINCESSE	42 MME CÂLIN

Traduction : Évelyne Lallemand.

Édité par Hachette Livre, 58 rue Jean Bleuzen 92178 Vanves Cedex.
Dépôt légal : février 2004.
Loi n° 49-956 du 16 juillet 1949 sur les publications destinées à la jeunesse.
Achevé d'imprimer par Canale en Roumanie.